LUIS CHAVES

ASFALTO (UN ROAD POEM)

ASFALTO (UN ROAD POEM)

Colección Bartleby

© Luis Chaves
© Ediciones Lanzallamas

San José, Costa Rica.
Apartado Postal 7202-1000 San José
Correo electrónico: info@edicioneslanzallamas.com
www.edicioneslanzallamas.com

Juan Murillo y Guillermo Barquero, editores
Gustavo A. Chaves, revisión de texto
Carsten Meltendorf, fotografía del autor
Mónica Lizano, diseñadora de la colección

CR863.44
C512a

     Chaves, Luis
     Asfalto: un road poem / Luis Chaves –1a. ed.– San José, C.R.:
     Ediciones Lanzallamas, 2012.
     116 p.: 14 X 14 cm. – (Colección Bartleby 2)

     ISBN 978-9968-636-08-7

1. Novela costarricense. 2. Literatura costarricense. I. Título.

Impreso en Estados Unidos

Presentación

Lo primero que requiere comentario del libro de Luis Chaves es el subtítulo "un *road poem*". El lector que desconozca la obra anterior de Chaves tendría razón en preguntarse por qué una obra escrita en prosa y relativamente libre de metáforas u otros tropos poéticos es un poema, o un *poem.* Chaves ha publicado varios libros de poesía, y es como poeta que ha sido mayormente reconocido entre lectores y escritores. El lector que conoce su obra espera poesía de él. Pero la poesía de Chaves es famosa por su prosaísmo, por su distanciamiento de la lírica tradicional y su amor por los referentes cotidianos y poco asombrosos, aficiones que le han ganado a su obra la animadversión de algunos colegas que ven en su literatura una desvirtuación de lo que, a criterio de ellos, debería ser la Poesía con mayúscula. Él mismo, apropiándose posteriormente de esa crítica, ironizaba en su poema "Titular" sobre "...la inutilidad / de escribir en verso / lo que a todas luces es prosa".

En este caso, pesan en el dictamen taxonómico de *Asfalto* su arco narrativo, lo anecdótico de los capítulos, la unidad de su trama y la consistencia de sus personajes, entre otras cosas. Pero más allá de estas características, es el tono revelatorio y elegíaco de cada capítulo de esta historia lo que podría finalmente autorizar el subtítulo.

Luis Chaves es un maestro de la observación detallada; no sólo observa con agudeza inusual sino que lo hace de modo ejemplar: se puede aprender de él. Es difícil pensar que lo que Chaves escribe es inventado; la trivialidad de lo descrito adolece del detalle sórdido de lo real y carece de las imbricaciones simbólicas o decorativas de la sinécdoque manufacturada. En cada fragmento podemos esperar que Chaves enfoque el detalle en primer plano para utilizarlo directamente como una especie de lenguaje visual, y no, en la tradición del realismo, como parte de la utilería dispensable para lograr un simple efecto de realidad. Casi puede uno imaginarse a Chaves recordando las distintas etapas del viaje que narra en este libro, rastreando cada posible detalle para elegir al mejor candidato para ilustrar la idea que quiere transmitir: la foto en la billetera donde la chica mira a un desconocido y no a su pareja, la chica que duerme para estar sola y no porque tiene sueño, la chica que ojea los anuncios de alquiler de apartamentos en el periódico. Como un francotirador, Chaves otea la escena para luego hacer un *zoom* al detalle que destila con más eficacia el espíritu del momento.

En no pocas ocasiones, el espíritu del momento resulta ser una constatación de la esterilidad de una relación que se encuentra en la fase terminal, durante la que, en este caso particular, la pareja de protagonistas se ve obligada a prolongar el ritual del viaje aún cuando la compañía ya se ha agriado y todo degenera rápidamente hacia el sinsentido.

Este suplicio, además, se exacerba con *flashbacks* constantes a épocas mejores de la relación cuando el humor era real y las bromas no se veían amargadas aún por el sarcasmo o el desprecio; cuando la observación alegre o ingenua no era recibida con la bofetada del insulto.

El auto y la carretera son símbolos de lo que podríamos llamar "tierra reclamada"; espacios que las personas delimitan voluntariamente para poder estar juntos cuando el viaje no es estrictamente necesario, mientras el entorno se desplaza, cambia constantemente, se vuelve intangible y prácticamente desaparece.

Este tipo de espacio ha sido utilizado con acierto en otras novelas de carretera, como *On the Road* de Jack Kerouac y *Lolita* de Nabokov, lo mismo que en road movies y road stories. Tanto en *Lolita* como en *On the Road* el viaje por carretera y el espacio vital delimitado por la cabina del auto y su prolongación natural, que es el cuarto de motel de carretera, le permiten a los personajes mantener una cercanía que no tendrían naturalmente en otro tipo de espacios. Fuera del auto y sin la excusa del viaje, a Sal Paradise le resultaría difícil explicar su necesidad, y la de los muchachos, de estar siempre juntos, y Humbert no tendría justificación para reducir a su hijastra Lolita a ese estrecho y conveniente cautiverio. En el caso de *Asfalto*, este espacio de tierra reclamada se ha convertido, más bien, en un castigo autoimpuesto cuya mortificación se revela a los personajes de manera gradual pero ineluctable. Como suele ocurrir con muchos de los libros de Chaves, la felicidad, si existió alguna vez, solo puede ser recobrada a través del recuerdo que contrasta tristemente con el presente. Las relaciones que describe Chaves están eternamente en crisis; no hay amor, sobrevive la costumbre, y el desprecio y el hastío invaden todos los actos. Si el texto se redujera a esto, sería simplemente un retrato de la amargura; sin embargo, su verdadera moneda, descubrimos gradualmente y con asombro, es la nostalgia.

Chaves quiere que veamos la relación en ruinas para que comprendamos por contraste la belleza perdida. Se muestra siempre rudo en la puesta en escena donde la crueldad es cosa de todo momento, pero por debajo sentimos el lamento y Chaves quiere que lo escuchemos. Un ejemplo claro de esto es el nostálgicamente titulado fragmento "En el retrovisor los objetos se ven más pequeños de lo que realmente son":

> *En el retrovisor, ojos, cejas y media frente. En el espejo retrovisor se le ve pensar mientras conduce. Memorias que pasan igual que los postes del tendido eléctrico, los portones, las cercas que dividen los llanos. Recuerdos como mojones, como mariposas estrelladas en la parrilla del radiador. Memorias de un fin de año en Corcovado, juntos, mojándose los pies en el Pacífico, el gran Pacífico. Sentados, cavando con el índice agujeros sucesivos en la arena; diciéndole, esta es la casa de un*

caricaco; esta, de un cangrejito; esta, de una tortuga. La imagen
nítida de la cabeza de ella girando para replicar: Las tortugas
no viven en la arena. Luego, la espuma retirada, los pelícanos
planeando en hileras perfectas, rozando la pared de agua de las
olas que casi reventaban, y su respuesta después de una pausa:
esta tortuga sí, porque tiene síndrome de Down y no aprendió
a nadar. Y la risa, la risa en este momento es solamente uno
de esos postes que cruzan la ventana y se encogen en el mismo
retrovisor donde se le ve decir en voz baja:
—Corcovado blues. Tanto verano, tanto sol, tanto viento
norte, tantas vacaciones para salir en todas las fotos con los
ojos cerrados.

Recuerdos, humor, fotos, nostalgia. El fragmento está inserto entre otros que hablan de cómo las bromas de ayer son la chota de hoy y de cómo les molesta ahora hasta el modo de pestañear del otro. Alto contraste.

El fragmento nos ofrece otra faceta característica de la obra de Chaves: la irreverencia. Al leer su poesía, se nota que le importa poco cuál norma del buen gusto convencional se transgreda con lo que escribe.

Esta es una virtud intrínseca en un autor como Chaves, muchos de cuyos poemas son claramente confesionales o autobiográficos, porque inevitablemente lo lleva, por la senda de la honestidad, a la revelación de verdades profundas sobre sí mismo que en una obra típica de ficción carecerían del impacto emotivo que tienen en *Asfalto*. El atractivo de esta honestidad temeraria es innegable, porque el lector sabe que si el autor está corriendo el riesgo de quedar como un patán en su texto es porque ha superado el autoengaño. La autocrítica es una de las herramientas más eficaces de Luis Chaves para generar simpatía en el lector y ganarse su confianza. Una confianza que, en la literatura, vale su peso en oro.

Esta es la primera obra de narrativa indubitable de Luis Chaves. A pesar de que *Asfalto* es un *road poem*, también resulta ser una novela corta. Chaves, en cambio, en su búsqueda de lo inefable perdido, sigue siendo un poeta.

JUAN MURILLO
EDICIONES LANZALLAMAS

ASFALTO (UN ROAD POEM)

A Carlos Aguilar,
un titán

Macrocosmos a 90 kilómetros por hora

Con la cabeza en ángulo abierto e inclinada ligeramente hacia la conductora, miraba las imágenes que fluían por el techo corredizo como si ese agujero rectangular fuera un televisor: la pantalla horizontal donde se transmitía un largometraje diferente al del parabrisas. No el asfalto ni las líneas blancas intermitentes que precipitaban su paso conforme se acercaban en dirección opuesta al automóvil, no, sino los troncos y ramas invertidas de jacarandas y robles que dejaban entrever un fondo azul y las primeras estrellas de la que sería una noche clara y fresca. Los dos en silencio. Cada uno en su propia película. La cabina poblada por una calma parecida a la de sentarse a fumar en una mecedora, sólo que sin mecedora y sin fumar. Sin desviar la mirada de ese símbolo de prestigio y juventud que representa el sun roof, colocó su mano sobre la pierna derecha de la conductora. Un reflejo, un acto ajeno a cualquier premeditación. Un movimiento solitario, casi estúpido, que no perturbó el silencio cósmico de la cabina. Sólo dos personas que se conocen pueden compartir un silencio como ese. Sólo quienes han convivido aceptan la muda compañía de una existencia perfectamente desconocida. La garúa delicada del final de la tarde punteaba de cristales minúsculos el parabrisas y de alfileres invisibles el rostro del copiloto, que ahora observaba un cielo violeta cada vez más cóncavo. Dos cuerpos desplazándose en la misma dirección. Dos cabezas en universos separados por millones de años luz. La distancia sideral que los reunía.

Escenario Shell

Detenidos en la estación de servicio. Él, con un lápiz Mongol 2 detrás de la oreja, recorre el dial de la radio. Ella, en acto reflejo, lee los mensajes en las paredes del baño "exclusivo para clientes". Kilómetros atrás discutían acerca de los pros y contras de la reencarnación. "Serías una mangosta" dice el conductor, "y vos, un organismo unicelular" replica ella.

Entre la estática de sermones apocalípticos y comentarios deportivos encuentra algo parecido a música. *Sweet Home Alabama*. Recuerda que de niño lo creía un tema de amor, que luego aprendió inglés y supo que era una canción del Ku Klux Klan. Ahora la escucha en AM y en plena pampa centroamericana. Mientras ella, respirando por la boca, se cuida de mear sin rozar siquiera el inodoro, las paredes; deseando que fuera posible tampoco hacer contacto con el suelo.

Para una posible definición de

Mientras el empleado de turno duerme, el monitor a blanco y negro de la cámara de seguridad deja ver una estación de servicio en la que, cada tanto, aparece un automóvil del cual se baja un desconocido.

Viento fresco por la ventanilla

La recta interminable que se hace líquida en el horizonte. Ella, ahora de copiloto y con el asiento reclinado, con la uña del índice se saca basurillas del ombligo.

—¿Cómo es que llegan hasta aquí?

—Podrías hacer una almohada con tanta pelusilla.

En ambos lados de la carretera, extensos terrenos de cultivos cuyos nombres ignoran los dos. Los sistemas de irrigación como aerosoles gigantes que bañan la tierra. Lluvia falsa sobre las plantas.

El aire frío que entra por las ventanillas y el lento repliegue de la tarde sugieren lo que antes hubieran llamado de otro modo.

Sin mirarse, se toman de la mano. Por costumbre, por entumecimiento, por falta de imaginación. Sonrisas que no se terminan de dibujar, palabras que no se dicen ni se van a decir más. Gestos falsos.

Ensayo antropológico

El resto del local vacío, salvo por la mesa donde ellos terminan sus gaseosas, y la de atrás, ocupada por varias botellas de cerveza, un cenicero al tope de colillas y tres hombres. El par de cabezales estacionados afuera, en el frente, arroja dos de varias posibilidades: a) dos de ellos viajan juntos y otro solo, b) viajan en parejas y uno de los cuatro está en el baño. Todo parece una conspiración del tedio: la formica grasosa de las mesas y las sillas; el calendario de Chicas Pilsen del siglo pasado detrás del mostrador; un martilleo cercano y en surround system; la postura del dueño, los pelos negros que asoman por sus fosas nasales y sus orejas, como si dentro de la cabeza, en lugar de tejidos, hueso y fluidos, le creciera una peluca.

Los tres hombres polemizan sobre, se sabe, fútbol. Pero hay algo que no termina de encajar en la escena, un cojeo del aire, del tono de la conversación, cojeo que se evidencia al reconocer el dejo nicaragüense en uno de ellos. "Mae —dice, asimilando el acento y la jerga de sus acompañantes—, la Liga se lleva este campeonato. No jodá —prosigue, ante la mirada suspicaz de sus colegas y ya traicionado por sus raíces—, si vienen turqueando a todo el mundo".

Consumidas las gaseosas tibias y con provisiones de tabaco para varias horas más de viaje, es hora de abandonar el denominado Centro Típico El Palenque, dejar a los hombres con sus cervezas, su monotema, los tres tristes traileros en espera del amigo fantasma que no regresa nunca del orinal.

Dos secuencias

Secuencia A

Audio 1: Viento que entra por la ventana.

Audio 2: Mano que sale por la ventana y juega con la resistencia del viento. Hace movimiento de olas, de serpientes marinas. Movimientos del mar. En el aire.

Audio 3: Con audio 1 de fondo, ella tararea la canción de un grupo del britpop de inicios de los 90.

Audio 4: Con audio 1 y 3 de fondo, el copiloto ronca.

Secuencia B

Audio 1: Nuevamente, varios minutos de aire atravesado a 95 km/h. La mano fuera de la ventana. El mar en el aire.

Foto

En la vieja billetera moldeada por la nalga, la fotografía de épocas mejores. Los dos en un parque de otro país. La foto en la que para siempre ella mirará, no a él, que la abraza, sino al desconocido que la tomó.

Moteles, lluvia, trenes, etc.

Otro hotel de paso. Mejor dicho, motel. Un motel en las afueras de un pueblo rural que merece el olvido del que es víctima. Un motel de no más de veinte habitaciones pequeñas. Al frente, el nombre sobre un rótulo giratorio sostenido por un poste de proporciones exageradas, como un gran estandarte del absurdo. Un motel sin su nombre intermitente en luces de neón. Un motel sin luces de neón es como una ciudad sin tren. Ella duerme desnuda en posición accidente-de-tránsito. Al pie de la cama, él la observa unos segundos y sale a nada, sale por inercia. Lo atraen los fluorescentes y las tres o cuatro personas de la cafetería al otro lado de la calle. El animal gregario. En cuestión de un minuto está sentado en la barra, revolviendo el café con su lápiz Mongol 2, del lado del borrador. Afuera, como corresponde, empieza a llover. Es la época del año que los entendidos llaman *estación lluviosa*, porque *invierno* es un término demasiado primer-mundo para esta parte del planeta.

Hubo alguna vez trenes que atravesaron esta misma lluvia, estas mismas llanuras interrumpidas por colinas bajas, vagones con su bamboleo hipnótico, transportando a los felices, los infelices, los arrepentidos, los soberbios, los celosos, los inofensivos, los traicioneros, los idiotas, a destinos ordinarios, remedos de estaciones donde algunos eran recibidos y festejados en casas de una planta y televisor de 21 pulgadas, perro, gato y virgencita con su altar. Hoy día, con cada vez menos frecuencia, cruza los rieles un cabús chirriante y oxidado, lento, como un cometa mecánico en dirección contraria al porvenir.

Al cabo de tres cuartos de hora, lo adormecen el arrullo de la lluvia y el cada vez más débil rumor de la cafetería. Pero la sospecha del arrepentimiento es más poderosa que el sueño. La convicción de vivir, en la persona equivocada, la vida equivocada. Aquí, en otro hotel de paso, sitiado por la lluvia, con la llave del cuarto 4 en el bolsillo, la mujer que ya no conoce durmiendo para poder estar sola, en un local que lo dice todo de sus huéspedes, en un país que a pesar de no tener futuro, convirtió sus trenes en cosas del pasado.

La que duerme ni se entera

Entra a la habitación aturdido por el tabaco, la humedad y su monólogo interno. Su-
dado, cierra la puerta, con el lápiz Mongol
2 en la mano, el mismo con el que intentó
garabatear en la factura el número de telé-
fono de la mesera. Entra con la evidencia en
la mano, como una prolongación del sinsentido.

Ella, a la luz de una linterna, escribe en su diario

julio 12, 11 p.m.

Hoy no encontramos dónde dormir, estamos en el carro. Hace unas horas llegamos a Peñas Blancas y preferimos no arriesgarnos a cruzar la frontera; de hecho, decidimos que de llegar a la frontera sur tampoco la cruzaríamos, sería arriesgarse tontamente. Se podría decir que dar vueltas es el destino de esta relación. Un perro que se muerde la cola y se la arranca.

En la carretera, muertos, conté tres perros, un gato, y algo que parecía una rata gigante, asquerosa. Dice que se llaman zorros. Un zorro, estúpida. Así dijo.

julio 13, 5:25 a.m.

Ya amaneció pero sigue dormido. Parece que está incómodo, pero no resucita. No creo que lo extrañe mucho, tal vez esa manera suya de dormir con los ojos entreabiertos, como si estuviera muerto. O despierto.

Tres tripping tigres

Wild Thing, The Kinks; *Trance Europe Express*, Sr. Coconut remix; del rock clásico a la música electrónica sin ningún tipo de amortiguamiento, en seco. La camiseta con la leyenda Fuck Trance, ahora enfundada en el respaldar del asiento, por el calor.

Dos pueblos atrás subieron a un caminante que pedía ride. Ya arrellanado en el asiento trasero, tiró su carta de presentación: me llamo Dani, soy díllei y voy para Montezuma, ¿ustedes?

—Lo que faltaba, un tecnodenso.

Después de una risa nerviosa imposible de disimular, el nuevo pasajero intenta dar pie a lo que considera una conversación civilizada y ella interviene para salvar al nuevo pasajero del mal humor del piloto. Le habla de una amiga suya que ahora también es dj. Le baraja datos, señas particulares sin importancia: Mariana, bajita, rubia, delgada, con anteojos, ahora alrededor de los, me parece, 31. Pero no le cuenta lo otro que recuerda, lo otro que cruza su mente mientras le habla al pincha discos: el apartamento que compartieron por espacio de siete meses en Tres Ríos, los secretos, los novios y ropa interior comprada a medias, sus lentes con marco de carey, la falta de voluntad para dejar de comerse la uñas, el diario suyo que leía a escondidas, en la ducha el jabón rosado con incrustaciones de vellos púbicos, el incendio parcial de la casa que devastó sus libros, ropero y colchón, la noche en la cama que se salvó del siniestro, la conversación alargada por una mezcla de miedo y deseo, la piel erizada y el cabello sobre la cara como una caricia de agua, las piernas buscándose como enredaderas rápidas, el roce de vellos, pezones, el beso que cruzaba de la dulzura a la violencia con la misma facilidad con que luego todo terminó, la despedida unas semanas después con un abrazo, un beso y unos ojos que recrearon lo sucedido aquella noche, despedida que las hizo llevarse la mano a la entrepierna, como lo hacía ahora, disimuladamente, mientras continuaba disparando datos prescindibles al dj visiblemente halagado por la atención que le prestaba aquella mujer hermosa vuelta hacia atrás, luchando contra el cabello con que el viento insistía en cubrirle la cara, como una caricia de agua.

El piloto, en apariencia concentrado en la música y en la carretera minada por sorpresivos y potencialmente fatales huecos, recuerda también a Mariana, la rubia, bajita, delgada, que nunca pasó de la insinuación, de monosílabos provocativos al oído una noche de cervezas y películas, los tres en la cama, metidos entre las sábanas, acercándose los pies, especulando siempre acerca de la ubicación de las manos de los demás, excitado por la sola especulación. Todo en pasado, recuerdos como videoclips extranjeros. Época en que hubo sonrisas y complicidad donde luego sólo hubo comentarios sobre el clima, desayunos fríos, recibos de servicios públicos, rincones que ninguno de los dos se atrevió nunca más a barrer.

(Él mira por el retrovisor, ella se quita el pelo que el viento sigue arrojándole a la cara.)

Después de superar lo que no fue otra cosa que un inicio equivocado, la conversación los lleva a temas inconexos e indiferentes al paisaje que vuela al otro lado de las ventanas. Dani, ya en confianza, ofrece ácidos, *alicias* y *bicicletas*, que piloto y copiloto aceptan sin pensarlo dos veces.

A noventa kilómetros por hora, los grupos de roca volcánica clavados en las faldas de las colinas pasan como ejemplares de una extraña vegetación nómada. Dentro de la cabina, el súbito ambiente de confianza y camaradería, característico poder de la droga compartida, los obliga a la risa y al relajamiento. Saltan de un tema a otro, sin preocuparse por las brechas de silencios, interrumpen la risa con anécdotas y visiones generadas por la combinación del alucinógeno y la música, ahora el disco compacto de mezclas de Daniel, mejor conocido como Dani.

El carro brinca pesadamente, un golpe seco. Especulan: una piedra, un hueco en el asfalto, una botella vacía.

Allá va el automóvil, placa 567103 alterada, techo corredizo abierto, dejando una estela de música e imaginación, ocupado por tres personas que al final del viaje no se verán nunca más. Atrás, arrollado sobre el asfalto, el cadáver de otra especie endémica en vías de extinción.

Fijaciones

Dani, sentado en la ribera, los ve disfrutar de chapuzones en la poza. La ropa amontonada en una roca plana, el sol refractado al tocar la superficie del río, las piedras del fondo erosionadas, lisas, pequeñas, plateadas, como peces inmóviles. Pero Dani no se detiene en esos detalles, más literarios que reales, sino que fija su mirada, como un misil teledirigido, en el torso topless de ella. Qué buenas tetas, piensa, a la vez que el otro se lanza al río en clavado bomba desde una rama cercana.

Qué buenas tetas, sigue pensando Dani, ahora que ella sale a secarse en la piedra plana. Qué buenas tetas, piensa cuando ella saca la bolsa de pan cuadrado, el abrelatas, los frascos de mostaza y mayonesa y se prepara un emparedado de atún. Qué buenas tetas, ahora que ella, detonada su memoria por esta actividad tan común en su niñez, le relata una anécdota familiar.

Cansado ya de los repetidos clavados de amateur, él sale también a secarse y la ve a ella todavía sin camiseta. Y sabe lo que debe estar pensando el autostopper. Porque él también lo piensa. Se arma un sándwich de pan y mostaza, lo enrolla como un taco y, ante el escrutinio de sus acompañantes, lo engulle de un bocado y le lanza una mirada territorial a los dos.

Daniel, un poco turbado, quiere levantarse pero recuerda que no es un buen momento. Piensa decir algo, pero también piensa, qué buenas tetas, y actúa como si no fuera con él.

Después de un rato, mientras los otros dos hacen la digestión tirados en rocas respectivas, Dani sube a la rama y se lanza al río para luego salir sangrando de la planta del pie.

De los millones de vehículos automotores que en este preciso momento transitan por el planeta Tierra, uno blanco cruza la Interamericana, dirección sur, ahora sin más señas particulares que el techo corredizo abierto y un pie que sale por la ventanilla trasera, enfundado en un calcetín pajizo con una mancha de sangre que crece a razón de un milímetro redondo por hora. Dani, dormido en el asiento de atrás, ya no piensa, sueña, qué buenas tetas.

Criaturas del agua

La roca que, conforme baja el caudal en verano, aparece en medio del río como un Nessie de piedra. Ella, movida por la sed, se detiene junto al remanso y, de rodillas, se inclina. Su cara del aire acercándose a su cara del agua.

Fuegos de artificio

Totalmente ebrio, el conductor duerme en el interior del automóvil, aferrado a la botella vacía de guaro Cacique. Más resistentes y menos ingenuos, los otros dos pasajeros están abrazados en la tapa del motor, sus espaldas contra el parabrisas. Comparten un puro de mota mal enrolado y observan, sin hablar, el lienzo negro de una noche demasiado fresca para la época. Abajo, a lo lejos, las luces de un pueblo cercano parecen luciérnagas detenidas. De pronto, un estallido y, segundos después, una explosión luminosa y coloreada en el cielo. Luego otra y otra. Fiestas patronales en el pueblo que repentinamente cobra vida. Sin cruzar palabra, se maravillan del espectáculo de luz y color que los cubre. Súbitos fogonazos aéreos, cristales rojos, azules, verdes, suspendidos en el aire, como espejos fugaces que ensombrecen a las estrellas, sus parientes lejanos. Unos minutos más tarde, otra vez el silencio y, antes de que alguno de ellos comente el espectáculo del que acaban de ser testigos, una última detonación, más sonora, más retardada y más alta que las anteriores, el petardo que decretó irrelevante cualquier descripción que se les hubiera ocurrido a posteriori. Sobre ellos, allá en la distancia, el fuego de artificio más hermoso que jamás habían visto, una medusa instantánea que prefería desvanecerse antes que volver a la tierra, un hueco repentino en el espacio, una luz momentánea, inalcanzable, irrepetible, un agujero efímero en el techo del cielo, como el ojo de Dios.

Intereses

Compran el periódico y se dividen las secciones. La de deportes es objeto de rifa. Piedra, papel, tijera. Dos de tres. Dani pierde a pesar de su estrategia de blandir tres veces la piedra, esperando que su contrincante pensara "no, no puede ser tan imbécil de sacar piedra tres veces".

Anuncios que llaman la atención de cada uno:

Ella: (clasificados) Carmiol 1 hab, baño, sin tel, no niños ni animales, rejas, seguro, ¢90 mil.

Dani: (espectáculos) No vea GORDAS, ¡VEA MODELOS! En vivo. Show de Bim Bam Bum. Hoy 8 p.m. Entrada al show y película ¢1200. Sólo mayores de 18 años.

Él: (mundo) PARA PETICIONES CUMPLIDAS. Seis rosarios, seis avemarías, el primer lunes de cada mes, por seis meses. Petición se cumplirá. Aunque no tenga fe. (Luego, al pasar la página, el mismo anuncio de Dani.)

La buena voluntad

Unos cuarenta minutos más tarde, Dani se despedirá de ellos, dejándoles su compacto de mezclas, diciéndoles nos vemos, gracias, quedándose con otro formalismo en la garganta al ver que el automóvil avanza. Pero eso será después, ahora están detenidos y la situación es la que sigue.

Intersección en la Interamericana. Mientras esperan el verde del semáforo, se acerca a la ventanilla del conductor un joven flaco, con camisa de manga larga, corbata y, como injertado en su mano derecha, el tarro de rigor para las contribuciones. Ejército de Salvación. Con su cabeza prácticamente dentro de la cabina, suelta la siempre ininteligible letanía de quienes viven de la buena voluntad ajena. Ella no presta atención a las de por sí indescifrables palabras, sino que observa sus dientes picados y amarillos que —se figura— ni con cosmética odontológica. Dani, atrás, emprende una búsqueda de monedas en los bolsillos pero gana la luz verde. La caridad vencida, nuevamente, por la tecnología oportuna del Ministerio de Obras Públicas y Transportes.

Huellas

Es la primera playa en la que se detienen. La carretera que la bordea desde hace unos cinco kilómetros, la franja de asfalto que Neptuno se empeña en ignorar cada vez que quiere. Llueve y él fuma detrás de un parabrisas que amenaza con deshacerse bajo el agua.

Unos metros adelante, la lluvia agujerea la arena y baña el lento y solitario paseo de ella. El rastro de sus pasos apenas discernible de aquel de las gotas. Izquierda, derecha, izquierda, derecha. El mar se acerca y se va. Se acerca, se va. Como un comerciante hábil, en cada viaje entrega troncos, conchas, botellas plásticas, todo lo que no es de su utilidad; a cambio, se lleva la huella sutil del invierno y la introspección.

Siluetas vistas desde atrás

Minutos antes de la tormenta, sentados. Los pies hasta los tobillos hundidos en la arena. Los dos de cara a un mar poco amistoso.

Descalza, ya lejos de la costa

Conduciendo descalza, las sandalias debajo del asiento. Dedos gordos del pie más
cortos que los contiguos. Para su madre, un
signo de longevidad. Para él, una buena
razón para el chiste. "Parecés sobrina de los
Picapiedra". Antes, cuando ese comentario
era una broma.

Audio con sueño

El sonido discontinuo, como de aspas veloces, del viento atravesado otra vez a 95 kilómetros por hora. Él, en el umbral del sueño, lo transforma en el sonido de las sábanas blancas que una mujer, de silueta conocida, sacude antes de tender al sol.

En el retrovisor los objetos se ven más pequeños de lo que realmente son

En el retrovisor, ojos, cejas y media frente. En el espejo retrovisor se le ve pensar mientras conduce. Memorias que pasan igual que los postes del tendido eléctrico, los portones, las cercas que dividen los llanos. Recuerdos como mojones, como mariposas estrelladas en la parrilla del radiador. Memorias de un fin de año en Corcovado, juntos, mojándose los pies en el Pacífico, el gran Pacífico. Sentados, cavando con el índice agujeros sucesivos en la arena; diciéndole, esta es la casa de un caricaco; esta, de un cangrejito; esta, de una tortuga. La imagen nítida de la cabeza de ella girando para replicar: las tortugas no viven en la arena. Luego, la espuma en retirada, los pelícanos planeando en hileras perfectas, rozando la pared de agua de las olas que casi reventaban, y su respuesta después de una pausa: esta tortuga sí, porque tiene síndrome de Down y no aprendió a nadar. Y la risa, la risa que en este momento es solamente uno de esos postes que cruzan la ventana y se encogen en el mismo retrovisor donde se le ve decir en voz baja:

—Corcovado blues. Tanto verano, tanto sol, tanto viento norte, tanta vacación para salir en todas las fotos con los ojos cerrados.

Lluvia repentina

Él no pierde el tiempo en recuerdos. Ahora menos que nunca. Ahora que le incomoda hasta su modo de pestañear. Ahora que dejaron atrás la costa y empiezan el ascenso de montañas que de cerca dejan de ser azules. Ahora que las cenizas de su cigarro caen en las alfombrillas de hule cada vez que el automóvil acierta una irregularidad en el asfalto. Ahora que se cruzan las miradas en el retrovisor y que, inopinadamente, estalla una lluvia de granizos pesados, como si alguien hubiera roto el parabrisas del cielo.

Microclimas

Los granizos rebotan en el asfalto como miles de dientes desprendidos de las nubes. Obligados a fumar con las ventanas y el techo corredizo cerrados, avanzan sin reducir la velocidad. Las llantas trituran a los esquivos gnomos de hielo que los condenan a respirar el mismo dióxido de carbono, la misma nicotina.

Con la mano libre activa el mecanismo de las escobillas que inician de inmediato su vaivén anestésico. Esto es lo más cercano a la nieve que ambos han estado. Una nevada del subdesarrollo, hielo picado que arrojan los de arriba, guijarros glaciales que pueden vaciar un ojo, arruinar una cosecha, abollar un automóvil.

Después de la granizada y todavía en ruta, observan el panorama-después-de-la-tormenta, esa suerte de escenografía a medio terminar que sobrevive a las tempestades: unas montañas recortadas al fondo, algunas casas como dados impares por aquí y por allá, unas pocas estrellas que no terminan de aparecer. Un paisaje a la carrera, una improvisación de la naturaleza. Y, por primera y quizás última vez en muchos kilómetros, fuman del mismo cigarrillo y sonríen.

Todo esto será tuyo

Las tierras altas. Lenguas de asfalto que suben las montañas en espirales cónicas. A la derecha, alternándose, paredes de roca, bosque, sembradíos en pendiente, pequeñas casas habitadas por familias de miembros pálidos. A la izquierda, todo lo que estaba a la derecha unos minutos antes, pero ahora visto desde arriba. De vez en cuando, planicies cortas donde los viajantes se detienen a estirar los músculos, descansar, comer algo.

Viajeros como éstos que, preocupados por el sobrecalentamiento del automóvil, se estacionan al lado de una frutería. El piloto sale por su puerta y para desentumecer las piernas camina como si llevara puestas unas patas de rana. La copiloto también se baja del automotor, realiza una rutina breve de estiramiento y se entretiene con la abigarrada variedad de frutas, mieles y repostería del negocio del que se alejará en cuanto la vendedora le indique los precios.

Algunos turistas, casi todos pálidos como los lugareños, se acercan, frutas tropicales en mano, al mirador que ofrece la manida pero siempre portentosa vista panorámica de los valles y montañas centroamericanas (incroyable!, wonderful!, ¡cabrón, güey!). Ella, confundida entre los extraños, se inclina sobre la baranda de plywood, echa un vistazo allá abajo, al paisaje, y dice para sí unas palabras que la baja temperatura convierte en nubecitas transitorias:

—La pregunta no es si algún día la vida será más justa con todo esto. La pregunta es si esto se lo merece.

Onomástica y proyecciones
(digresión mientras él regresa con el
cuarto de aceite lubricante)

Nombres que jamás le pondría a un hijo: Eric, Oscar, Marcos, Guillermo, Rolando, Arturo, Nelson, Jaime, Tobías, Gerardo, Asdrúbal, Norberto (excluídos los demás terminados en berto, y también los típicos nombres de lo que llamaremos el FOC —folclor onomástico centroamericano—: Erwin, Mainor, Wilfredo, Nixon, Randall, Jonathan, Keylor, Yeison, etc.). A una hija: Cristina, Lourdes, Virginia, Iris, Cecilia, Magdalena, Graciela, Sonia, Maribel, Ivania (y los del FOC: Yorleny, Hazel, Seidy, Jennifer, Nancy, Leidi, Anayancy, Yaquelín, Diannyh, etc.).

Profesiones que nunca quisiera ejercer: ninguna con horario de oficina. Profesiones que me intrigan: actriz porno, apicultora, guardaespaldas, corredora de fondo. Profesiones que, a como va la cosa, podré ejercer: correctora de estilo, clerk en agencia ilegal de apuestas, encuestadora, actriz porno.

Picnic y sombras

Después de veinte minutos de comer sobre el pasto, apoyado en su costado, la sensación de anestesia local en el antebrazo. Cual narrador omnisciente, él se abstrae del entorno y con descripciones telegráficas intenta verbalizar, para sus adentros, una realidad ajena a sus intenciones. Antes de ser engullidas por la noche, la puesta de sol arroja sombras que lo invitan a la asociación: la de la roca junto al carro: una mujer rezando; la de ella: una roca.

Canciones al final de un pasadizo

Bares al lado del camino. Cantinas de poca concurrencia, oscuras, sencillas. Bares donde se podría escuchar a un tipo con sobrepeso y barba de tres días contar una historia al estilo de *Big Joe and Phantom 309*. Es justamente esa canción la que repasa, sentado solo al final de la barra, donde emboca la entrada de un pasadizo mal iluminado; con la zurda encargada del cigarro y la botella de cerveza, la derecha trazando, sobre el tablón de pochote lijado, las letras de un alfabeto incomprensible. Recuerda haber escuchado aquella canción en el asiento trasero del Toyota de quien fuera su gran amiga hace unos diez años. Y el recuerdo en bruto viene acompañado de otras memorias más sutiles, en este caso: la textura rugosa del vinil de los asientos, la silueta de las dos cabezas femeninas adelante, el tímido neón del panel de control del estéreo, las luces al otro lado del lago artificial, el agua sosteniendo a la luna con un balance precario —igual que el plato que hace girar el malabarista sobre una vara delgada—, el silencio no planeado en la cabina mientras sonó la canción, el otro silencio en que se sumergieron cuando terminó (un mismo evento que detonó diferentes reflexiones, distintas sensaciones, todas a un brazo de distancia). Y piensa en aquella amiga y en cómo se diluyó hasta la transparencia esa amistad y, simultáneamente, hace ese gesto universal y casi imperceptible que todo bartender comprende (el esperanto del licor) y, así, recibe otra cerveza.

Poco más hay que agregar porque sus pensamientos alcanzan ya profundidades donde nadie puede acompañarlo. Sólo queda añadir que allí se queda, viajando en su pasado, con la mirada fija en una luz que parpadea al fondo de un pasadizo más largo que ancho.

Su diario, otra vez

julio 20, 10:51 p.m.

Busqué casi media hora un cigarro que tenía detrás de la oreja.

Esta pensión huele a algo conocido. Dos horas de tele para que me diera sueño. Vi casi completo un concurso de belleza. Mujeres que caminaban como llevando bandejas de plata donde se cargaran a ellas mismas. Pero había una negra muy guapa. Muy buena, diría él.
Es la carbolina, ese olor, la carbolina que huele a tardes de escondido en casa de mi abuela, tiendas de campaña improvisadas con manteles y

escobas, mis primos destruyéndolas. Tardes viscosas con ella, aguardando a que se durmiera. Gavetas y baúles hurgados a oscuras, esperando encontrar algo que no sabía definir, algo sorprendente, secreto, pecaminoso.

Nunca nada interesante, no encontré más que fotos de sus hermanas y sus respectivos mechones pegados con cinta scotch en el reverso. Sus nombres en tinta azul y cursiva. En lugar de los habituales "fecha y lugar de nacimiento" había un dato que todavía recuerdo. Debajo de cada nombre, un renglón subrayado que indicaba el peso al nacer.

julio 21, 9:45 a.m.

Hoy, medio dopado al despertarse, trataba de ponerse el pantalón e insistía en meter las dos piernas en el mismo agujero. Cayó de bruces con las manos aferradas al pasafajas. Imaginé que me sucedía a mí y entonces reviví a mi abuela persignándose asustada para luego venir a regañarme.

Casi ochenta años en este mundo para ser recor-
dada como una caricatura.

Seguimos recorriendo, en dirección contraria,
las mismas carreteras que cruzamos hace dos días.
Hombre; peso al nacer: 3,5. Kg. Mujer; peso al
nacer: 4,1Kg.

El calor, el aturdimiento y otras ventajas del trópico

En el baño de la pensión, el cedazo de la ventana detiene la leve brisa del exterior. Es un tercer piso y de ella sólo está la mochila al lado de la cama. Los tres segundos de agua tibia del grifo son la única noticia del día de sol que no vio.

Los motivos potables

El sol, indiferente, calienta la tierra bajo cuya superficie cruzan las antiguas tuberías de barro cocido. Agua que comunica hogares, oficinas, diversos establecimientos comerciales. Rumor sordo de cañerías, silencio en movimiento, la actividad subterránea del país amateur. Líquido potable que lo mismo se descarga en un inodoro, que gotea de la ducha en la pensión, o que recogen unas manos, juntas y cóncavas, para lavar la cara de alguien que ninguno de los dos conoce. Ni conocerá.

Cámara subjetiva con el piloto

Con una cámara subjetiva que simulara la visión del piloto veríamos su lado del parabrisas, la tapa del motor y, adelante, las luces altas perforando un fondo negro, abriéndose espacio entre la noche y el asfalto. También las líneas blancas intermitentes que dividen el asfalto por el medio, como navajas de hielo que cortaran el carro en dos, en mitades iguales, una fina división entre ambas pero tan infranqueable que lo mismo daría un abismo: cada uno en su mitad, sin poder separarse del todo. Veríamos las dos manos sobre el volante y, dentro del semicírculo del manubrio, el panel de control: velocímetro, medidor de gasolina, control de temperatura, tacómetro, todas las agujas estabilizadas en su posición. Frente al carro, criaturas que cruzan la carretera y que la luz convierte en masas ambiguas y siempre en fuga, el asfalto como una banda sin fin que los mantuviera siempre en el mismo lugar, llevándolos a ninguna parte, dejándolos para siempre en un presente continuo.

Veíamos la mano de la copiloto acercarse al equipo de sonido para adelantar la canción del cd y luego desaparecer nuevamente en la oscuridad de la cabina que sigue dividida por las navajas imaginarias.

Veíamos, otra vez en la carretera, una luz que en segundos se convierte en dos, avanzando en dirección contraria. Se acercaría para pasar cada vez más rápido, por el efecto Doppler, y dejarlo todo otra vez en la oscuridad y veíamos, en el retrovisor, los ojos del piloto observando unas luces rojas que desaparecen como en una disolución a negro.

La música del estéreo haría de banda sonora, un tema quizás de la época post punk, o tal vez un pasaje del cd del dj que los acompañó días atrás; música electrónica que le diera ritmo a la oscuridad, al otro silencio y a los sentimientos que la cámara subjetiva sólo puede insinuar.

Desfase

Afuera de la soda, el viento cambia de dirección. Se despidieron hace más de media hora, él tomó el bus hacia la capital. Ella, sentada en el mismo lugar desde entonces, hace que busca algo en la mochila mientras, con la mano libre, se lleva el pelo tras las orejas. Un reloj de pared, sobre su cabeza, marca las 10:47, si bien son las 11:02.

Esperando el bus de regreso

Viento en contra. Las manos en los bolsillos. Una juega con monedas de cien y de cincuenta, el encendedor y dos clips que no recuerda cómo terminaron ahí. La otra, más pausada, busca algo que, por no ser un objeto concreto, nunca encontrará en ese lugar.

Placas *567103*

El automóvil de los padres de uno de ellos donde convivieron la última semana es abandonado, llave en la ignición, en la Interamericana. Las placas alteradas, el cd de un desconocido, el motor tibio, a la sombra de un roble sabana que empieza a cubrirlo con hojas secas y cagadas de pájaros. A los costados, extensiones verdes de propiedad privada. Hacia atrás y hacia adelante, el país y el asfalto. A causa de un desperfecto mecánico, las escobillas, con una potencia que decrece, limpian solamente el lado del copiloto.

Una hora más tarde ella regresa, igual que el asesino al lugar del crimen. El automóvil todavía allí. Abre la puerta, se sienta en la plaza del copiloto, reclina el asiento y espera que lleguen los curiosos.

Por el retrovisor

¿Qué queda de esa época? Manejo el Fiat Fiorino negro sobre una línea recta de asfalto, el sol detrás y el cielo púrpura, amarillo, adelante y encima. Sobre este empiezan a brillar, intermitentes, puntos blancos, como una primera nieve inmóvil.

El otro recuerdo es como copiloto en un Honda blanco, los asientos son de cuero beige, esa mano izquierda en la perilla es la mía que busca estaciones en la radio. Ella conduce. El viento busca su pelo largo, castaño. Recorremos en sentido inverso la ruta del asfalto. Todo sucede en cámara lenta.

***

Se terminaba el milenio. Había entrado a los 30 con las manos vacías. Alimentaba un ritmo de vida del que, ya no cabía duda, no iba a salir impune.

Ahora miro por el retrovisor y me sorprende la paciencia, el afecto y la contención que me ofreció la misma gente a la que trataba de alejar.

Había sepultado para siempre, en el 95, la profesión en la que me había graduado para dedicarme-a-escribir. Pobre imbécil. Desde entonces trataba de jugármela como traductor librecontratista pero perdía ofertas por no contar con la bendición académica de un título.

Entré, pues, a una licenciatura en traducción de la Universidad Nacional. Un programa de dos años en los que estuve viajando de Zapote a Heredia, las tardes de los viernes y los sábados completos.

Aquí es donde volvemos al inicio de lo que cuento. En esas clases conocí a María Marta, que resultó vivir a cinco cuadras de mi casa. Del *carpooling* semanal, de la relación particular que tuvimos, fue naciendo la idea de este libro. De eso y, claro, de todas las historias de fracaso y separación que había vivido hasta entonces.

Los dos personajes, ella y él, son la mezcla de muchas personas, de muchos momentos. Al mismo tiempo escribía *Historias Polaroid*, que era un libro explícitamente personal, un álbum de mi familia, y

Asfalto me dio el espacio para escribir sin nombres y apellidos, sin cédulas de identidad.

Podría afirmar que hubo una voluntad de estilo pero no sería honesto. Eso se puede decir con la ventaja que da el paso del tiempo. En aquel momento en que caía a pedazos todo lo que me rodeaba, sólo tenía, lo mismo que con *Historias Polaroid*, una cosa clara: todo lo que *no* quería hacer. Tics líricos, anáforas, epígrafes, música corsé, esos y los demás signos externos de la poesía tópica cancelados y desterrados. Quería el lenguaje crudo, objetos reales, ni una sola explicación. Nada de utilería sentimental.

Del lado narrativo, consciente de mis limitaciones, era claro que la historia daba para una distancia corta. Me fui quedando con los elementos mínimos necesarios. Ni siquiera la radiografía: *Asfalto* es el electroencefalograma de una novela.

El resultado no me corresponde evaluarlo. Tampoco interesa mucho. Me importan todas las personas y momentos que, encriptados, quedaron aquí adentro.

Abandoné esa licenciatura en un punto ridículo, tenía la tesis de graduación prácticamente lista. Salí huyendo de un entorno convulso, necesitaba sacar la cabeza, oxigenarme.

Me fui, regresé unos años después y, en el 2006, Carlos Aguilar, mitad editor mitad titán, leyó el manuscrito que había estado engavetado por años y decidió publicarlo. Ahora el libro vuelve, recorriendo en sentido inverso la ruta del asfalto. Como los personajes de más arriba.

Asfalto, visto hoy por el retrovisor, es algo más de lo que me pareció en su momento. O algo menos. Lo cierto es que es otra cosa. Fui a ese programa de licenciatura no para graduarme, si no para escribir un libro en el que están metidas personas que me importan. Y también para permitirme el espacio de la ficción, que es una manera de aceptar que el recuerdo se construye con dudas.

***

Mucho queda de esa época. Esa imagen prodigiosa de María Marta, por ejemplo. Sé que es en el viento donde ondula su pelo largo y castaño, pero, ¿cómo podría decir que no fue debajo del agua?

LUIS CHAVES
ZAPOTE, ABRIL DE 2012

Muchas gracias

*A quienes leyeron y aportaron sugerencias y co-
mentarios a los diversos borradores de este libro
y a la primera edición: Ana Wajszczuk, Osvaldo
Sauma, Fabián Casas, Santiago Vega, Edgar
O'Hara, Florencia Chaves.*

Love and rockets.

TABLA DE CONTENIDOS

Presentación
7
Macrocosmos a 90 kilómetros por hora
19
Escenario Shell
21
Para una posible definición de
23
Viento fresco por la ventanilla
25
Ensayo antropológico
27
Dos secuencias
29
Foto
31
Moteles, lluvia, trenes, etc.
33
La que duerme ni se entera
37

Ella, a la luz de una linterna, escribe en su diario

39

Tres tripping tigres

41

Fijaciones

47

Criaturas del agua

51

Fuegos de artificio

53

Intereses

55

La buena voluntad

57

Huellas

59

Siluetas vistas desde atrás

61

Descalza, ya lejos de la costa

63

Audio con sueño

65

En el retrovisor los objetos se ven más
pequeños de lo que realmente son

67

Lluvia repentina

69

Microclimas

71

Todo esto será tuyo

73

Onomástica y proyecciones (digresión
mientras él regresa con el cuarto de aceite
lubricante)

75

Picnic y sombras

77

Canciones al final de un pasadizo

79

Su diario, otra vez

83

El calor, el aturdimiento y otras ventajas del
trópico
87
Los motivos potables
89
Cámara subjetiva con el piloto
91
Desfase
95
Esperando el bus de regreso
97
Placas 567103
99
Por el retrovisor
103
Agradecimiento
107

Luis Chaves (San José, 1969) Escritor y traductor. Ha publicado libros en Costa Rica, México, Argentina, España y Alemania. Entre sus obras están *Los animales que imaginamos* (1998), *Historias Polaroid* (2000), *Anotaciones para una cumbia* (2003), *Chan Marshall* (2005), *Asfalto* (2006) y *Monumentos ecuestres* (2011). Además, las crónicas *El Mundial 2010 —apuntes* (2010), y un libro que recoge sus prosas hasta el 2010 titulado *300 páginas* (2010). Su trabajo ha sido premiado en el extranjero.

En el 2012 se publicó en España una antología de su trabajo (1997-2011) bajo el título de *La máquina de hacer niebla* (Ed. Isla de Siltolá); y en Alemania un libro bilingüe de una selección breve de sus poemas, *Das Foto* (Hochroth Verlag).

La traducción de parte de su obra al italiano obtuvo el premio internacional que otorga la Fondazione Cassa di Risparmio de Ascoli Piceno, traducción de Raffaella Raganella publicada por la revista Smerilliana, año 2003.

La Akademie Schloss Solitude de Stuttgart, Alemania, le otorgó una de las becas "Writers in distress" del 2011.

Ha colaborado como cronista para diferentes medios y ha sido editor de varias revistas. Fue coeditor de la mítica revista de poesía joven hispanoamericana *Los amigos de lo ajeno*. Desde el 2006 coordina en San José el Taller de *Escritura Artesanal*. Vive en Zapote con su esposa y sus dos hijas.

www.ingramcontent.com/pod-product-compliance
Lightning Source LLC
Chambersburg PA
CBHW020648250626

47154CB00008B/2855